KB060012

청어詩人選 374

수채화를
그리듯이

정
덕
자 시
집

청어

수채화를 그리듯이

정덕자 지음

발행처	도서출판 **청어**
발행인	이영철
영업	이동호
홍보	천성래
기획	남기환
편집	방세화
디자인	이수빈 | 김영은
제작이사	공병한
인쇄	두리터

등록   1999년 5월 3일
        (제321-3210000251001999000063호.)

1판 1쇄 발행   2023년 2월 10일

주소   서울특별시 서초구 남부순환로 364길 8-15 동일빌딩 2층
대표전화   02-586-0477
팩시밀리   0303-0942-0478
홈페이지   www.chungeobook.com
E-mail   ppi20@hanmail.net
ISBN   979-11-6855-120-6(03810)

본 시집의 구성 및 맞춤법, 띄어쓰기는 작가의 의도에 따랐습니다.

이 책은 한국예술인복지재단 창작준비금 지원사업에 선정되어 제작하였습니다.

시인의 말

수채화를 그리듯이 시를 쓰고 싶다.

사물을 세밀히 관찰하고 시적 영감과 나의 열정을 심어 맑은 물감으로 채색하고 싶다.

큰형부가 잦은 해외 출장을 다녀오시면 공부도 잘하고 글쓰기도 좋아하는지 아시고 만년필, 펜류를 선물해 주셨다.

영문학을 전공하여 가르치는 일에 오래도록 몸담고 일했는데, 우연한 기회에 성호 이익 백일장에 나가 일반부 시 부문 장원을 하다 보니 계속 시를 쓰게 되어 《한국문학》 신인상도 타고 문학 활동을 하게 되었다.

이제 연륜에 빛나는 시어(詩語)로 독자 여러분에게 감동을 주는 시인이 되고 싶다.

끝으로 하느님의 가호로 이날까지 살게 해준 주님께 영광과 감사와 찬미를 드리며 항상 "당신이 최고야!"라며 엄지척을 해주는 사랑하는 남편과 컴퓨터 작업을 멋지게 해주는 연구원인 큰아들, 학창 시절에 자식으로부터 부모가 가질 수 있는 영광을 모두 갖게 해준 작은아들 모두에게 깊은 감사를 전한다.

정덕자

차례

2부   다림질을 하며

3부 　백두산에 올라

4부 　가보지 않은 길

5부   그들을 추모하며

1부

그곳으로 가자

그곳으로 가자

새해 새 아침에
순풍에 돛 달고서 망망대해 나서보라
파도가 철썩철썩 넘실대면 어떠랴
태양이 떠오르는 그곳으로 가자

벚꽃비 내리는 화창한 봄날에
소나기 내리는 여름날에
무지개 떠오르는 언덕으로
이스름 지나 깜깜한 여름밤 반딧불이 반겨주고
논에서 우는 개구리도 맹꽁이도 함께
단풍 지고 곡식 여무는 가을은 어떠랴
찬 서리에 백설이 쏟아지는 겨울날
태양이 떠오르는 그곳으로 가자

벚나무

감기약인 줄 알고 먹어버린 러미라
환락에 몽롱해져 버린다
혈관을 타고 신경줄을 타고

겨울날의 찬 기운에 꽁꽁 얼어붙은 내 몸이
스멀스멀 온기로 퍼져 올라온다
따스한 봄바람에 달뜬 내 몸을
내맡겨 본다
머리부터 발끝까지

이대로
죽어도 좋아
Ecstasy
절정의 오르가즘
한 방에 터져버린 만개한 벚나무

봄비

봄은 弔燈의 행렬
한 알의 씨앗이 썩어야 나오는 뿌리처럼
죽은 者와 태어나는 者와의 해후

빗소리가 황진이의 가야금 소리처럼
고즈넉하게 비 오는 밤을 울리고 있다.

빗방울로 바람이 분다.
꽃을 피우라고 수액을 끌어올려
가지마다 나무를 흔들어 깨우고
움튼 새싹에 입맞춤한다

봄비 그치면
청사초롱의 행렬
화려한 꽃들의 잔치
꽃비가 내리고 있다

영산홍 1

불 붙는다
불 붙는다

눈부신 청춘도
뜨거운 사랑도
타오르는 열정도

지나가다 더 보고 싶어
또 돌아보게 되는

봄날 햇볕에 빠알갛게 그을린
선홍빛의 영산홍

영산홍 2

바람 속에 들을까
님의 소식

꿈결에 보일까
님의 얼굴

불타는 사랑 전하려
선홍으로 피었구나

쥐똥나무꽃

상록수 보건소를 오가다가
고혹한 향기에 발을 멈추고
고요히 하얗고 자그마한 자태
그 열매가 쥐똥 같다 하여
이름 지어진 무색한 이름 쥐똥나무꽃

프랑스 바르세이유 궁전에서
샹들리에 불빛 아래 우아한 드레스를 입은
盛裝한 왕비의 향기

어느 날 농약(제초제)을 뿌렸는지
누렇게 잦아버렸다
교살형에 처해진 마리 앙투아네트 왕비처럼

강가에서

노오란 산수유가 흐드러지게 피어오르고
민물과 바닷물이 서로 만나는
섬진강 강가에서
물수제비 통통통 뜨는 소년의 웃음진 입가
숭어도 통통통 따라 튀어 오르네

강바닥엔 재첩이 그득하여
봄비 오는 날 부추를 잘게 잘라 재첩 함께 부쳐내면
막걸리가 서방님 입가에도 함박웃음처럼 번지네

노란 알들은 참게장이며, 도다리 무침
재첩 칼국수라니
뽀얀 물안개 따라
입맛 돋우는 봄날

안산

아카시아 향기가
꽃구름처럼 피어나는
싱그러운 신록의 五月

안 산다 안 산다 하면서
사는 곳이 안산이라지만

그들이 구가했던 平和와 풍요
후손들이 예술의 향기와 울림으로 승화하네

기획된 도시
시원시원하게 똑바른 직선으로 뚫린 도로
어느 곳에서나 자기 집에서 5분만 지나면 숲이 나타나는 공원

황해를 가로질러
숨 쉬는 갯벌과 염전이었던 곳에
아파트 우뚝 솟아나고
산업화의 중심인 공업단지 들어앉아 삶이 풍요로워지고

古代와 現代가 어울려 편안한 곳
安山
민족의 혼이여
이곳에 영원하리라

행운목

넓고 긴 잎새로 너울너울 춤을 추며
새록새록 키만 자라더니
어느 봄날 너의 꽃향기에 취해
빼꼼히 너의 자태를 들여다보고
하이얀 꽃망울에 터져버린 환희

낮에는 꼭 다물고
밤에만 은은하게 피어
사방에 향수 뿌려
나를 잠 못 들게 하는구나

네가 꽃이 피는 날엔
좋은 징조가 있다는데
장차 우리 집엔
무슨 호사가 있으려나
행운처럼 날아온
너의 꽃향기

귀뚜라미

더위를 무척 타는 내게
당신은 반가운 연미복 신사
처음에는 피아니시모
며칠 후엔 피아노
또 며칠 후엔 둘이서 이중주
포르테 포르테

여름은 아쉬운 작별을 하고
소야곡 실내악 앙상블
가을이 성큼 다가왔네

여름 1

여름의 폭염은
인내력 씨름을 한다
숨쉬기도 힘들어진다

시원한 청량감으로
수박을 쪼개보고
저녁 찬거리로 미역 오이냉국을 마련한다

오늘은 입추란다
다음 주부터는 더위가 꺾인다는데
찬바람이 서서히 돌게 되면
뜨거운 여름날
추운 겨울을 위해
얼마나 생산적이었나 되돌아보아진다

여름 2

산 강 구름 바다
無言의 소통이 펼치는 잔치

여름 3

하늘엔 구름이 변화무쌍
이글이글 태양이 불타고 있다
모든 것을 녹아 내려는 듯이
인내의 한계를 체험하고 있다

휴가가 있어 기대되는 여름
하이얀 파도가 반겨주고
오랜만에 일상의 일탈이
즐거운 여행

장미

고혹한 향기
아가 피부처럼 보드라운 꽃잎
가시에 머금은 순결
따사로운 5월의 봄볕에 안긴
내 첫사랑

여름비

번쩍번쩍 번개
우르릉 쾅쾅 천둥소리가
지축을 흔들고

가만가만 아들들 방마다 가보니
피곤에 절어 미동도 없이 꿀잠

짚신 장사 아들은 비가 올까 걱정
우산 장사 아들은 해가 날까 걱정

코로나로 회사도 일이 없고
장사도 안된다는데
매일 야근에 주말에도 근무로 지쳐가는데
범사에 감사하라는 주님 말씀

가을이 오는 길목에서

창가에 귀뚜라미가 밤새도록
울기 시작하고

들판에 하늘하늘한 코스모스가
하얀색 핑크색 붉은빛으로 물들어 갈 때

코발트 빛 높고 푸른 하늘 아래
상큼한 공기를 이고
윤기 나는 까만 세단 지붕 위에
아기 고사리손 같은 빠알간 단풍과
노오란 은행잎이 황혼에 내려앉을 때

등엔 따갑게 가을볕이 쏟아지고
논에는 황금색 벼가 일렁일 때

바람 속에 꽃구름 속에 가을이 오고 있다

갈대

바람에 흔들리는 갈대
서쪽 황혼에 빛나는 은빛 비늘
욕망에 흔들리어
젊은 날 富를 바라고 명예를 바라고

바람에 흔들리는 갈대
마음을 비우기를
낮게 자리 잡기를
지혜가 자라나기를
나눔을 실천하는 자비를
흔들리며 속삭이는 갈대

가을날

별나라 별빛이 빛나고
해나라 해님이 햇살을 담뿍 안고

바람결에 코스모스 하늘거리고
아가 손 같은 단풍잎이 붉게 물들고

논에는 황금 나락 물결이 일렁이네
밭에는 싱싱하게 배추와 무가 여무네

지나온 여름밤
사랑하는 신랑이 꼭꼭 싸매준
봉숭아 물든 손톱도
빨갛게 빨갛게 물들어 가네

풍요와 행복과 건강과 감사로
은혜로운 가을날

풍요

따스한 봄날에 개나리가 피어나듯
뜨거운 여름날에 수박처럼 시원하게
따사로운 가을볕에 곡식이 익어가듯
추운 겨울날에도 포근한 솜 같은 눈이 내려
행복하고 건강한 삶으로
자손만대 번성하리라

가을이 오면

황금빛 들녘에 나가
무르익은 볏단을 집어 들고
농부의 고단함을 읽어 보겠습니다

감나무 가지에 달려 있는 대봉
풍요한 색감을 바라보겠습니다

반지르르하게 떨어진 밤송이에서
형제의 친근함으로 더욱더 다정하게 지내겠습니다

겨울을 재촉하는 가을비로
사색하는 즐거움을 간직하겠습니다

가을비

청명하고 높은 가을하늘에
비구름 들더니
낙엽 위 추적추적

하루종일 가을비
벼 알곡 말리는데 해가 되고
빨간 고추 말리는데 해가 되고

가을비 그치면
겨울이 성큼 다가오네

그래서 유행가 가사처럼
가을엔 떠나지 말아요 했던가

첫눈

첫눈의 설레임
소복소복 내려 쌓이는 은빛의 세계
발자국조차 조심스레 내딛어본다

동네 아이들의 기뻐서 내는 혀짧은 소리
강아지도 좋은지 열심히 뛰어다니고
연인들의 손꼽아 기다리는 첫눈 오는 날

비는 더러운 것을 쓸어내리고
눈은 흰색으로 덮어버려
깨끗하게 하는 방법이 다르지만
모두가 축복이다

동백

개나리 보다
진달래 보다
먼저 꽃이 피어
봄을 알리는 꽃
봉긋한 꽃봉오리
향긋한 향기

화성 발안의 제암리 교회
3月의 함성이
만세 삼창
펄럭이는 태극기
핏빛 혈서가
빠알간 동백꽃으로 피어나네

2부

다림질을 하며

다림질을 하며

요즘 취업이 힘들다는 세태에
아들은 대학을 졸업한 지 5년이나 연구직을 꿈꾸며
Part time job만 했다

어느 날 전자 회사에 들어가더니
회사 공정을 보고 프로그램을 짜 상사에게 올렸다
그것이 채택되어 모범사원이 되더니 연구원이 되었다

빨아놓은 셔츠를 다리지도 않고 입으려고
아들이 괜찮다고 하면
엄마는 올해같이 무더운 마른장마 삼복지경
달달거리는 선풍기 바람에
가슴과 등에 땀방울이 흥건히 젖어내려도
열심히 셔츠 몇 벌과 바지를 다림질을 한다

구겨진 주름살이 펴나가고 날이 서듯
아들의 앞날이 반듯하고 평탄하기를 기도하면서

민들레

민들레는 헌신이다
우리 할머니처럼
등굣길에 장독대에서 자식들 잘되라고
정화수 올려놓고 비시는

돌아가실 때도 화장으로
자손들에게 짐이 되기 싫어
무덤에 때때로 때 입히고
가난한 살림에 상석에 제수 음식조차
부담될까 저어되어

자손들 가슴에 사랑 가득 뿌려 놓고
홀연히 떠나셨다
민들레 홀씨처럼

7080 명동 소묘

최루탄으로 자욱했던 명동성당

내 뒤에는 수녀들이 그 뒤에는
대학생들이 있다고
데모하는 학생들을 감싸던 추기경님

크리스마스 Royal Hotel 앞에 가득했던
오고 가는 수많은 인파들과

2층 다방의 비엔나커피
담배 연기 가득했던 청자다방
피아노 생음악과 함박스테이크를 썰고
마티니를 즐겨 마시던
유네스코회관 스카이라운지
도너츠가 맛있던 케익파라
외국인에게 소개했던 한일관 불고기
두툼한 도우와 치즈크러스트 피자가
유명했던 피자몰

OB's Cobin의 양희은

지금은 일본어가 가득 차더니
또 중국어가 난무하는 거리

사랑하는 이에게

긴 밤이 지나
영롱한 아침햇살에
눈부시게 빛나는 이슬같이
겸손한 언어로 아침 인사를

약동하는 대낮엔 뜨거운 태양같이
힘차게 하루를 보내라고

저녁 석양이 서쪽 하늘을 물들이면
우리의 황혼도 저렇게 아름답기를

땅거미 내려앉아 잠자리에 들 때면
Have a gorgeous dream or sleep well!

반딧불이

찌는듯한 여름밤
더위를 달래려 문을 나서면
반딧불이 반겨온다

논에는 개구리와 맹꽁이의 울음소리
빠알간 자두가 향기롭게 익어가고
달콤한 수밀도가 영글어가는 밤

선명하진 않지만 아련한 불빛
반딧불이 유영하면
돌아가신 할머니가 찾아오셨나
"너에게 해줄 말이 있구나
서방님 잘 모시고 아들딸 낳고
잘 살거라" 유언하시더니
밤새도록 문 앞에 서성이다
가시나 보다

잊지 못할 생일날

큰아들이 초등학교 5학년 때쯤인가
학원에서 중등부 영어 전임강사로 일할 때
그날도 퇴근해서 피곤한 몸으로 문을 여니
천장에는 풍선이 가득하고
식탁에는 3분 소고기미역국과
인스턴트 스파게티가 놓여있었다

남자애가
자그마한 손으로 이 모든 것을
장만한 것을 생각하니
눈시울이 젖어 들고
울컥하는 마음이

지금은 성장하여 연구원이 되고 불혹의 나이가 들어
케이크에 꽃다발에 용돈에
풍성한 생일날이지만

지금도 유독 잊지 못하는 생일날

막차

어느 요양병원의 하루
팔다리는 말을 안 듣고
혼자 화장실에 갈 수 있다는 평범한 일상마저
최대의 소원이 되어 버렸다

아들딸들을 과일이 든 검은 비닐 한 봉지 들고 와서
엄마가 정신 있을 때
밭은 누구를 농가는 누구를 주라고 종용하지만
죽음은 아직 가깝지 않은데
좀 더 살아 보라는 말은 하지 않는구나

취침약이라는 수면제에 취해
고개를 이리저리 떨구고
간병인이 먹여주는 수저에 이끌려
"밥! 안 먹으면 죽어요!" 간병인 외침 소리 아련한데
인생의 막차가 달려가고 있다

흉보고 배우는 것

여고 동창이 결혼을 하여
신접살림 집들이를 했다

가보니 쌀을 씻는데
주걱으로 설렁설렁 씻고 있다

왜 저렇게 씻을까
빡빡 씻지 않고
얼마나 손을 아끼길래

그런데 내가 70이 되어
악건성 피부가 되어
조금만 물만 스쳐도
짝짝 갈라진다

나도 주걱으로 쌀을 씻고 있다
흉보고 배우는 것이 있다더니

부부

한 가지 똑같은 理想을 삶의 Target으로 삼고
기찻길처럼 사랑의 평행선으로 간다는데
서로에게 피해를 주지 않고
간섭도 하지 않으면서
컴퍼스처럼 일곱 빛깔 무지개 원을 그리고 있다

뜨거운 사랑의 결정체인 뽀오얀 아가
오래전 프랑스의 Dink族들이
부부만의 生을 즐겼던 것처럼
우리나라도 그런 추세다
경제적으로 좀 더 나은 生活을
추구하다 보니 나의 人生이 무엇보다 중요하다던가?

조금 더 가난해지면 어떠랴?
조금 더 불편해지면 어떠랴?
아기를 잉태하고 낳고 키우는 기쁨이
가난에 비교될까?

초롱초롱한 눈망울과 배냇짓 웃음
혀 짧은 소리
자라면서 보여주는 재롱과 보람이라니
돈 주고도 살 수 없다

또한 늙어가면서 자식들에게 배우고

알게 모르게 의지하게 됨을 부인할 수 없다

이제는 인생의 훈장처럼

검버섯이 슬슬 돋아나고

흰머리가 솟아 은회색 머리가 되어가는

등 굽은 남편의 뒷모습에

情인지 연민인지 Back hug 하고 싶다

친구 영순의 큰아들 결혼식 날에

2018년 10월 20일 11시 30분
부천 MJ컨벤션홀 5층

남편과 나란히 서 있는 친구의 얼굴을 바라보며

뱃속에 열 달을 품어 낳던 날
그때는 아들이 대세여서 기뻐했었지
첫아들이라니
낮과 밤도 모르고 울어대는 아이를
젖을 물려 포근한 엄마의 품을 내어주어
쌔근쌔근 잠들게 하고
아기는 하루가 다르게 자라나고
목을 가누고 기고 앉고
한발 한발 떼어내는 걸음마를 해내고
아장아장 걸을 때의 경이로움

또 자라 유치원에 들어가 재롱을 보이고
초등학교에 들어가 학부모가 되지
어서어서 자라 질풍노도 같은 사춘기를 지나고
대학 입학시험을 맘 졸이며 애태웠었지
아들은 군대에 가서 입고 갔던 사복이 돌아올 때
왈칵 눈물도 흘렸겠지
군대 제대 하고 대학을 졸업하면

어엿한 직장인이 되고 사회의 일꾼이 되어
사랑하는 짝도 만나겠지
사랑이 가득한 얼굴로 아름다운 신부와 함께
행복을 찾아 힘찬 발걸음을 내디딜 때
친구는 책임을 다한 듯
흐뭇한 미소로 축복의 기도를 올리겠지

축하한다 내 친구야
이제 우리 기쁨의 축배를 들자꾸나

장 담그는 날

음력 정월 대보름 지나 마지막 馬날
손 없는 날을 택하여 하루 전날 소금물 풀고

닦아놓은 메주와 태운 숯과 건고추 넣어
양지바른 곳에 뚜껑 열고
아직은 찬 기운 돌지만
따사로운 햇살을 가득 쪼이고

햇살 따라 날아오는 송홧가루 날아 앉아
맛있게 익어가누나

작년 11월에 담가 놓은 고추장
올해 담근 된장과 간장독만 보아도
부자가 된 듯

시집보내 놓고 고추장 담가
독에 담아 건네주시던
사무치게 그리운 어머니

부채

평상에서 부채 부쳐주는
님의 무릎베개 하고 있노라면

설악산 푸른 바람이 안겨 오고
진도의 하얀 파도가 일렁인다

선풍기보다 느린 부채에는
님의 사랑이 뚝뚝 묻어난다

결혼기념일

설레는 마음으로 다가서는 눈빛
서로의 마음을 주고받으며
헤어지기 싫을 때
하이얀 면사포로 응답하던 날
37년 전 그날은 꿈 많던 날
내가 선택한 좋은 사람과 사랑하며 꽃길만을 걷기를
그러나 現實은 그렇게 녹록지 않았다
아이들 둘을 낳고 기뻐했고

아이들이 자라며 주는 행복이란
국민학교 입학할 때
머리를 짧게 깎고 중학교 입학할 때
다 컸다고 사춘기를 지날 때
큰아들은 대학에 수석하고 작은아들은 수시에 입학해줄 때
군대 가는 뒷모습을 바라볼 때

이제는 졸업하여 제 갈 길을 가고 있는 아들들
그들이 장성하고 결혼하여 일가를 이루면
또 하나의 世代가 이어가겠지
나의 사랑도 빛바랜 사진처럼 퇴색하지 않고
영원하기를
大地에 온통 봄이 묻어나는 五月에 바래본다

새해

뽀드득 뽀드득
도봉산 아래 눈이 쌓인 길

첫아들 눈에 굴러도 안 춥겠다던 털로 싸인 토퍼를 입혀
손을 잡고 친정 가는 길

아버지는 반겨 기뻐하시고
색동저고리 다홍치마를 맞춰 입고
반닫이 아래 친정 식구들과 오손도손
만둣국 뜨끈하게 먹던 날

이제는 부모님도 돌아가시고
큰언니마저 올해 하늘나라 가시고
친정도 금정으로 옮겨
잘 모이지 않고

풍성한 돼지해 2019년 기해년에
모두 모두 건강하고 풍요롭고 행복하기를 바래본다

내가 영문학을 공부한 이유

번역된 시집을 읽는 것보다
내가 원문을 번역하며 읽는
느낌은 감흥이 벅차오른다

'Break my heart'를
읽을 때도 가슴이 정말
부서지는 것 같은 느낌이다

해외여행도 마찬가지
내 주변의 환경과 문화보다
색다른 변화를 갖는 것
특히나 젊은이들이 가보는 것이
더 좋은 듯하다
애국심도 더 생기고
돌아올 때는 발전된 외국을 보고
내실을 다짐하는 계기가 된다

행복한 날

젊은 날엔 명예와 권리와 부를 좇다가
건강이 망가지는 줄도 모르고
나이 40에 당뇨가 걸려
5년간은 합병증도 모르고
지금은 70을 바라보니
망막합병증
단백뇨
고지혈증
신경병증
백내장
4번째 뇌신경마비
악성 피부건조증
통증이 없는 날이 행복한 날

재 너머 파랑새를 따라가다가
전쟁 가난 기근 질병이 없는 날이
행복한 날

3부

백두산에 올라

백두산에 올라

중국 장백산으로 올라
바닥 왕모래에 실족할까 조심하며
백두산 천지를 보다
가슴이 뻥
미국의 그랜드 캐니언 보다
저 가슴 속 밑바닥으로부터
끓어오르는 이 벅찬 감동은 무엇일까?
내가 한민족이어서~

그때는 통일 무드이어서
장백산 오르는 길이 열악했는데
왜 개발을 안 할까 했는데
통일이 가까워서

그러나 수십 년이 지난 지금도
통일은 멀기만 하다

언제 남북한 한민족은
손을 맞잡고 민족의 영산
백두산을 함박웃음을 웃으며
같이 얼싸안고 오를 수 있을까?

덕수궁에서
-大鄕 이중섭 탄생 100주년 기념 전시회를 보고

6·25전쟁으로 모든 것을 잃고
미술을 전공했던 부유한 삶에서 가난을 체험하고
우직한 황소를 소재로
갈망의 그가 표현하고자 했던 억울함의 눈망울
무언가 토해내어 울부짖어 소리 내보고자 하는 입

일본인 아내와 끝없는 사랑
아버지로서의 아들들을 가난 때문에 생이별하고
공부를 잘하는 것보다
人性을 키우고자 했던 그의 편지들
전시회를 열어 돈이 된다면
각각 자전거를 사주겠노라는 父情

시대를 잘 타고났더라면
가족들과 더 많은 그림과
풍부하고 단란한 삶을 살았으련만
가난과 사기와 굶주림과 병고가
그를 미치게 만들고
행려병자로 生을 마감하게 하는구나

오랜만에 덕수궁 뜨락을 걷노라니
예전보다 작아진 느낌은 왜일까?

강원도 인제 가는 길

내린천을 끼고 백담사 올라가는 길
옆은 낭떠러지 길은 외길
공기 좋아 심호흡하고
六月의 녹음이 우거지는 풍경
눈이 초록으로 휴식을 취하네

다리 밑으로 무슨 염원일까
돌탑 쌓아 올린 정성
취업, 결혼, 명예, 건강, 행복…

백담사에 올라서니
만해 한용운 기념관
그분의 詩心을 돌아보네

현리로 돌아
매끄러운 계곡물 온천수 같다
일급수의 민물고기들
쭉쭉 뻗은 은백색의 자작나무숲
백두를 내려 인제에 머무르네

밤이 되니 쏟아지는 별빛이야
도시에선 볼 수 없는 광경
이 밤을 새고 나면
또 질주하는 삶이 이어지겠지
오랜만에 일상을 벗어나 힐링 되는 시간
강원도 인제 가는 길

강원도 원주 산 뮤지엄에서

하늘 청명한 가을날
원주 산 뮤지엄에 올라보니
자작나무 숲으로 난 오솔길
자갈을 깔아 맑은 물을 담은 야트막한 호수
갈대숲
조각 공원

돌을 쌓아 놓은 벽 위로 붉은빛의 담쟁이덩굴
잘 자라서 멋진 소나무
거대한 빨간 조형물 아래 호수 수면에 비춰보는 내 모습
강원도 전라도 충청도…
전국을 형상화했다는 돌무덤
역시 강원도는 돌이 많아 쓰임새도 다양하네

산 정상에서 내려다보는
가을날의 상쾌함과 고즈넉함
따스한 햇볕이 올해처럼 너무 가물고 뜨거워서
지쳐버린 여름날을 보상해 주는 듯하네

마지막으로 둘러본 제임스 터렐(James Turrell) 전시관에서 본
시각예술
오랜만에 가져보는 빛과 하늘을 바라보고
시각 따라 타원형이 원형으로 달라 보이는 명상의 시간

지금 강원도 양구에는

온천같이 매끄러운 물이 솟아나고
시래기가 푸르게 맛을 내며 마르는 곳
북한이 바로 보이는 평화의 땅
6·25 동란 속에도 박수근의 그림이 예술의 혼이 살아있는 곳
돌담에 어우러진 담장이 넝쿨
녹음과 함께 청정하는 공기 심호흡하며 걷는 힐링
청춘 양구

남한산성

절벽을 안고 돌아 돌아 쌓은 요새
병자호란 인조가 싸워보지도 못하고 피난 온 곳
삼전도 청나라에 항복하는 굴욕
산바람이 한여름의 더위를 식혀
토종닭 능이백숙 도토리묵이
한옥이 즐비한 곳의 여흥

남해 독일마을

여름휴가 맞아 들른 독일마을
유럽의 성 같은 동그란 주황빛 지붕
언덕과 내리막길로 이어지는
겨울에 눈 내리면 어찌 살까 걱정
척박한 알프스에 뿌리내린 독일인처럼
60년대 가난한 대한민국
독일 간호사들도 마다하는
피고름을 짜내며
국익과 집안 경제를 위해 희생 봉사
이제 노후를 안락하게
예쁘고 아름답게 창에 꽃을 놓아
살고있는 그들
수제 맥주와 소시지의 거리
저 멀리 알프스의 알펜호른 연주가 들리는 듯

목포 낙지

낙지로 시작해서 낙지로 끝낸다는
송호 낙지회관 낙지정식

꼬물꼬물 꿈틀대는 산낙지
꾸불꾸불 양념한 낙지호롱구이
매콤달콤 볶아낸 낙지볶음
죽순볶음 깻순볶음 토장국
채소와 함께 부쳐낸 낙지전
다디단 연포탕

전라도 풍미가 한껏 담긴
오늘은 내가 호사하는 날

울돌목

휘몰아 돌아서 솟구치며 꺼져
임진왜란 명량해전 이순신 장군이
왜구의 배를 삼켜버리고

진도 아리랑
강강 수월래
강황

영국

하이드 Park
나지막한 나무들이 아늑한 느낌

Buckingham Palace
천사들이 천장에서 놀고 조각되어
마치 천국에라도 온 듯

여왕은 매일 복도에 명화를 감사하며
공단 의자에 앉아
꿈꾸는 듯한 생활을 할끼

궁궐에도 눈물이 있고
연일 보도되는 뉴스에는
그렇지도 않은가 보다

셰익스피어가 살던 곳
집필하던 글씨체가 예쁘다
아기 요람도 마치 아기가 노니는 듯

미국

미국 서부 여행

그랜드 캐니언
광활한 대지 협곡

유니버설 스튜디오 할리우드

라스베이거스 환상적인 쇼
각 호텔 앞마다 Theme에 맞추어 연출하는 쇼

미국 요세미티 메타세쿼이아 국립공원
어마어마한 나무 크기와 높이에 놀랐다

미국은 모든 것이 크다는 교수님
말씀이 생각난다

핫케이크도 아이스크림도 햄버거도

프랑스

파리 개선문
거리 자체가 예술품이고 조각품

베르사유 궁전
유럽의 대표적인 양식
샹들리에가 화려하고 압도적이다

전철은 벽면도 낙서도 왜 이리 지저분한지
이율배반을 보다

일본

가까이하기엔 너무 먼 이웃

소나무가 우리나라와 똑같아서 착각할 정도
건물의 지붕만 다를 뿐

도쿄 라멘 돼지고기 턱 하나 얹어놓은 생라멘
신주쿠 밤의 문화

깨끗한 거리
줄 서는 질서
트럭 차 번호가 깨끗하게 보이고
빈 트럭도 텐트로 덮여 있는
배울만한 일본인

필리핀

더운데 덥게 느껴지지 않는 곳
습기가 적은지
후텁지근하지 않다

영어가 이렇게 다른지
처음 느끼고

필리핀 영어
영국 영어
이탈리아 영어

어학연수를 하며 느낀 거다

다행히 한국인이 하는 식당이 예약돼있어서
음식 고생은 덜한 편

현지 음식으로는
망고 아이스크림 망고 주스가
어찌 맛있던지

필리핀 사람들이 친절하다
개중에는 사기꾼도 있고 도둑도 있다지만

4부

가보지 않은 길

가보지 않은 길

하루에도 수십 번씩 선택을 한다
자질구레한 일부터 중대한 결단까지

저 산 너머 파랑새가 있는 것처럼
가보지 않은 길에는

더 부유해질 수 있을까
더 행복해질 수 있을까
더 자유로워질 수 있을까

가보지 않은 길을 동경하기보다
나에게 주어진 길을
내가 선택한 이 길을 후회 없이
숙명처럼 걸어가야겠다

실패를 두려워하는 젊은이에게

몇 겹의 세월로 잉태되어
살다 보면 부딪히는 사건들
앞만 보고 달려 성공해 보려고
안간힘을 써보지만

계속되는 불운 앞에 내동댕이치고 싶은 목숨
절망의 구름 속에 가려진 희망
오늘을 살고 내일을 살고
격려해 주는 주위 사람들

공도 바닥을 쳐야 위로 솟아오르지 않는가?
지나고 나면 별것 아니었다고 옛말하며
환희와 행복에 찬 그날을 기다리며
꿋꿋이 묵묵히 살아내렴

고양이 1

그르륵 그르륵
제 맘에 들 때는 안도의 소리

제 맘에 틀리면
몽글한 털 속에 가리어진 발톱을 드러내며
할퀴어 대는

정맥혈관에 독이 퍼져
항생제를 맞아야 치료가 된다

고양이 2

대청마루 위 높은 천정에 뛰어올라
생쥐를 잡아내는
날쌘돌이

우물을 파는 데 떨어져서
두레박으로 건져 올려 살펴보니
뼈·관절 다친 데도 없는
팔팔돌이

머리만 빠져나가는 구멍이면
몸 전체가 빠져나가는
요가선생

아침마다 세수로 단장하는
깔끔 미인

아파트

모델하우스에서 구경하고
아파트 호수를 신청하고

주말마다 철근 박을 때부터
벌판의 땅에 자가용 타고 가서
꿈과 희망을 걸었다

단단한 초석 위에 건물이
한 층 두 층 올라가는데

다 지어놓은 아파트에
살림을 들여놓고
아이들 얼굴 남편 얼굴 바라보며
흐뭇하고
방마다 하나씩 자기 방을 주게 되니
뿌듯하고
완전 내 세상
내 꿈이 이렇게 현실이 되다니
Gorgeous!!!

여고 동창생

새침데기, 눈빛이 하늘빛이던 여고 시절
총각 선생님 짝사랑에 가슴이 콩닥콩닥
얼굴은 화끈거려 홍조를 띠고
조그만 일에도 까르르 웃어대고
창밖에 비가 오면 괜스레 눈물 흘리고
러브스토리 영화의 테마 음악
"Snow frolic"을 우~ 우~ 거리며 불러대고
서로의 푸른 꿈에 날갯짓하던 시절

지금은 머리에 찬 서리 내려앉고
지천명을 넘긴 이순을 바라보는 나이들이 되었구나
만나면 자녀들의 결혼 얘기
누구 딸은 어떻고 누구 아들은 어떻고
상견례에 거듭 어른이 되어가는 우리들
生의 가을을 맞이하여
모든 것을 풍성하게 매듭지어야 하겠구나
창문이 넓은 카페에 둘러앉아 7080의 음악을 들으며
단풍의 화려함을 만끽하는 우리들은
여고 동창생

애가(哀歌)

-2014년 4월, 세월호 참사

사랑이 많으신 하느님 아버지
화창한 5월
봄꽃들은 흐드러져 잔치를 벌이는데
화려한 꽃들도 무색하게
우리는 피우지도 못한 수백의 꽃봉오리들을 잃었습니다

고이 간직했던 꿈들도 차디찬 바닷속에
내던져버린 고교 2학년들
인간의 사리사욕과 무지몽매한 처사가
우리를 분노하게 합니다

아! 어쩌란 말이냐?
너 죽으면 나도 죽겠다던 어미의 오열이
자식을 가슴에 묻고 흘리는 황망한 눈물이
언제나 마를는지
구명조끼를 묶어 같이 살겠다던 연인
잠수사가 끈을 풀어 남자를 올려도 움직이지 않던 시신
못다 한 사랑! 어여쁜 이여!
천국에서 영원한 사랑과 평안한 안식을 이루소서

이제 우리는 흐르는 눈물을 닦아내고
주님께 용기와 힘을 청해야겠습니다
학생은 학업에 어른들은 生業에 종사하게 하소서
부디 안전에 법을 준수하고
양심에 부응하는 부끄럽지 않은 저희들이 되게 하소서

바람
-세월호 참사 2주기에 부쳐

제주도 고교 수학여행 가는 길
팽목항 찬 바람에
배가 기울어 구석으로 내몰리면서도
가만히 있으라는 얄궂은 선내 방송만
순진하게 믿으며
'우리 타이타닉처럼 되는 거 아니야?'
내뱉었던 그 말이 현실이 될 줄이야

세월은 바람처럼 어김없이 흘러
생가지에 살을 찢듯 꽃눈이 돋아나고
지금쯤 대학 캠퍼스에 푸르른 바람을 키우며
파스텔톤 하늘하늘한 옷을 입고 거닐 대학 새내기 freshman

아! 어찌할거나!
부모는 가슴에 자식을 묻고 눈물도 마르지 않는데
진해 왕 벚꽃 흐드러지게 핀 꽃
오늘도 바람에 꽃눈 되어 흩날리는구나

개성공단

Corea로 세계에 처음 알려진
고려의 수도 개성

不事二君의 절절한 피로
얼룩진 정몽주의 혼이 서려 있는 곳

남북의 경제가
서로의 다른 이념 아래
실랑이를 벌이고 있다

한겨레의 조상이 숨 쉬는 곳
번영의 도시여
평화를 꿈꾸라

갈림길

잿빛의 겨울이 지나고
손꼽아 기다리던 봄날

올해는 날이 따스해
미리 만개해버린 꽃들의 향연

분수처럼 솟구치는 인생에는
가보지 않은 길과 가야 할 길이 있다
매 순간마다 선택을 한다

결정을 하기까지에는
많은 생각과 핑계가 있다

완전히 生이 다른 갈림길에 서서
과연 어떤 생각이 옳았을까
가지 않은 길에 대한 후회도 있고
얼마나 많은 밤을 되뇌며
서성거리고 있었을까

영화 '죽은 시인의 사회'에서처럼
Carpe diem
오늘을 붙잡으라

가지 않은 길에 동경도 말고
오늘 할 수 있는 일에 만족하며
내일 해야지 하고 미루지 말고
선택한 나의 길에서
열정을 다해
오늘을 해마다 오는 봄의 볼 때마다 새로운 봄꽃처럼 살아
내야지
갈림길에서 선택한 나의 길

나의 고향, 보문(普門)

나의 고향은 서울특별시 성북구 보문동
문을 열고 대문을 열고 또 문을 열면
안채가 나타나는 기와집

그곳엔 식모가 있고 할머니를 비롯하여
어머니 아버지 6남매가 살았고
어머니는 가정형편이 어려운 외가 식구들을
먹이며 학교까지 보내셨다

그 시절은 가난했으나
나의 어릴 적에는
빨간 비단치마에 색동저고리
빨간 댕기를 늘어뜨리고
동네를 돌아다니던 추억

그래서 나의 호도 普門이다
重義的 의미로는 나의 글이 보석 같은 글 寶文이기를 바래본다

My Native Home is in Bomoon

Jung Duk—ja
Trans. Kim In—young

My native home is in Bomoon-dong in Seoul
a tile-roofed house with a main entrance and two other
gates to pass through to reach inside

My grandmother and my parents along with six siblings
were living there with the help of a housemaid;
my mother helped the brothers and sisters on her side
of the family who were living together with us, going to
school

Those days are the times of poverty
but for me they were remembered as my happy
childhood with me hanging around the town with red
ribbon on my hair wearing silk skirt in red,
jacket sleeves of multicolored stripes

That's why my pseoudonym is Bo-moon, a person of
well-integrated personality,
a homophone reflecting my wish to write great poems
like treasure

세족례

주님께서는 제자들의 발을 씻으셨도다

신부님조차 세족례를 하려면 버거울 때가 있다는데
달래 냉이 캐러 오라고 해서 간 여고 동창 향년이는
가마솥에 물을 끓여 오렌지 껍질을 담그고
더운물을 더해가며 퉁퉁 부은 나의 발을 씻어
혈액 순환이 잘 되네
어찌 이런 발로 인천까지 왔느냐며

그 친구는 처녀 때는 나이팅게일 천사 간호사
고대병원에서 수 간호사까지 했지만
유기농이 좋다며 지금은 농사를
봄이 되면 쑥이며 냉이 원추리 쪽파 부추
지금은 표고 농사도 백화고로 거뜬히 해내고

발을 씻고 걸어 보라며 걸었더니
그렇게 내 다리가 새가 된 듯 날아갈 것 같다
나의 마음도 부활하신 주님 따라
하늘로 날아간다

코로나19

2019 감기처럼 다가와서 전 세계를 강타
속수무책으로 이승과 저승의 경계

2020 봄의 꽃 대궐도 무색해 버린 재앙
경제를 무너뜨리고 생계마저 내몰리고

여름이면 나아진다는 희망도 저버린 채
푸른 초록의 천지가 잿빛

마스크로 달래보는 하루하루의 숨 막히는 일상

격리된 거리 속에서
그래도 안부와 소망으로 견뎌내는 오늘

바벨탑

앞서거니 뒤서거니
교만의 탑을 쌓아 올렸다.
하늘 꼭대기까지 높이 높이
아! 그곳이 무너질 줄이야
패자(敗者)들의 질곡(桎梏)이 언어의 혼란으로
사랑한다는 말을 하여도
서로 알아들을 수 없다

아이 러브 유
쥬 뗌므
이히 리베 디히
워 아이 니
아이 시 떼루
나는 너를 사랑해

연정

아래로
아래로 쏟아지는 폭포처럼

위로
위로 솟구치는 분수처럼

손주딸 연애편지 곱씹어 읽어달라며
나이 70이 차올라도
할머니 가슴에
분홍빛 그리움은 가득 차네

감골성당 설립 10주년 기념음악회

마른장마로 지치게 하는 여름에도
굵은 땀을 흘려가며 연습에 임한
음악회가 막을 열었다
오보에의 가슴을 뭉클하게 하는 선율과 함께하는
'아무것도 너를'
아무것도 너를 슬프게 하지 말며
아무것도 너를 혼란케 하지 말지니
모든 것은 다 지나가는 것

초등부의 청아한 '꼬마 마르첼리노'
중·고등부는 성가대회에 나가 꼭 일등을 하여
주님의 영광을 드러내는
루체떼 성가대
역시 잘 훈련된 하모니를 보여주고
I will follow him
수녀님의 춤과 함께 했던 찬미의 시간

박진감 넘치는 팀파니와
하늘의 천사들이 내려오는 듯한 트럼펫연주
연합 성가대의 할렐루야
Bravo!!!
주님의 은총이 함께한 음악회

악몽을 꾸다가

한여름이 지나고 장마에 시달리며
열대야에 겨우 잠이 들었는데

입추도 지나고
말복도 지나고
모기가 입이 비뚤어져 물지 못한다는
처서도 지나고

악몽을 꾸다가 2시에 잠이 깨었네
살다 보면 억울한 일도 당할 때
생각지도 못한 액운에 접할 때
이것이 악몽이었으면 할 때가 있다
깨어나면 아무것도 아닌
그래
악몽이었으면

다 모든 것이 지나가리라
잘 될 거다

5부

그들을 추모하며

이철희 루까 형제님 영전에

어제는 맑은 하늘에
우박 같은 소나기가 내렸습니다
이제 우리나라도 Squall이 내리는구나
하지만 그것은
형제님이 천국 문을 Knock 하는 소리

암으로 극심한 고통과 싸우면서도 참아냈던 선비 정신
진정한 가톨릭 신자였다고 모두들 기리고 있습니다

눈에 넣어도 아프지 않을 아들과 딸
100세 시대에 55세의 나이로
그렇게 사랑한 마리아를 두고
어떻게 황망히 떠나셨는지요

연도를 바치면서도 흐느끼는 성가대
형제자매의 소리가 들리십니까

성가대에 가면
항상 먼저 미소 띤 얼굴로
인사해 주고 말없이 봉사하던 루까 형제님

환하게 웃고 있는 영정사진처럼
모든 것 내려놓고 천국에 오르시어
하느님 품 안에서 영원한 안식과 복락을 누리소서

울 큰언니

2018년 7월 4일 09:30
76세로 현대 아산병원에서 큰언니가 소천하셨네

영화배우 문희처럼 예뻤던 우리 언니
정이 많아 기쁜 날에 내 일 같이 기뻐해 주고
아프고 시릴 때에 위로와 힘을 주고
엄마가 환갑 해에 돌아가시어
맏딸이 되고 보니 집안 대소사에 앞장서고
자라나는 동생들 기 펴주고
한 팔을 베어낸 듯한 다리를 잘라낸 듯
울컥울컥 솟는 슬픔과 그리움을 어찌하리야

숙대 가정과를 나왔어도 재주 많아
수채화로 국전에서 수상하고 일본과 인사동에서
수 차례 개인전을 열었네
이제에도 밝아 풍요로운 가정과
아들딸도 잘되어 다복하게 살더니
존재만으로도 든든했던 큰 언니
꽃피는 따듯한 춘삼월에 가고 싶다더니
초여름 더위와 병마와 싸우다 고생하고
하늘나라 가시었네

아픔도 슬픔도 없는 천국에 오르시어
하느님 품 안에 안겨 복락을 누리소서
그럼 우리 다시 만날 때까지 안녕

사물을 바라보는 섬세한 시선과 언어표현의 순수성

손희락(시인·문학평론가)

해설

사물을 바라보는 섬세한 시선과
언어표현의 순수성

손희락(시인·문학평론가)

1. 시적 개성과 시적 관찰력

　언어를 조형하는 시인에겐 시적 개성이 중요하다. 시적 개성(문체)은 시 문장의 향기로 시인의 인격과 동일하게 인식된다. 시에서 감지되는 언어 품격은 긴 세월 농익어야만 독특한 맛을 낸다. 자아 언어에서 맛과 향이 난다는 것은 타인과 구별된 언어의 독자성(獨自性)을 의미한다. 개성 있는 문체는 본문만 읽어도 누구의 작품인지 단박에 알아차린다. 시의 짜임이나 이미지 안에 흐르는 특성 때문이다. 시인 정덕자는『수채화를 그리듯이』라고 표제를 붙였다. 화자의 시편들과 표제가 조화를 이룬다는 느낌을 받는다. 혼신의 힘을 다해 언어채색작업을 거쳤기 때문이다.

　　앞서거니 뒤서거니
　　교만의 탑을 쌓아 올렸다
　　하늘꼭대기까지 높이 높이
　　아! 그곳이 무너질 줄이야
　　패자 (敗者)들의 질곡(桎梏)이 언어의 혼란으로

사랑한다는 말을 하여도
서로 알아들을 수 없다

아이러부 유
쥬 뗌므
아히 리베 디히
워 아이 니
아이 시 떼루
나는 너를 사랑해

–「바벨탑」 전문

  이 시의 원천은 성경이다. 〈창세기〉 11장에서 인간은 시날 평지에 바벨탑을 쌓는다. 전지 전능자를 제외시킨 후, 인간들끼리 지상 낙원을 이루겠다는 교만에서 치솟은 탑이다.
  〈창세기〉 11장 1절에서 "온 땅의 구음이 하나이요 언어가 하나이었더라." 기록되어 있다. 인간의 언어는 이 사건을 기점으로 갈라진다. 서로가 서로의 말을 알아듣지 못하도록 절대자께서 흩어 놓으셨다. 1연은 바벨탑 사건의 재현 장면이다 2연은 그 결과에 대한 현상적 진술이다. 언어적 개성은 2연에서 포착된다. 양성(兩性) 간 사랑 표현이 각 국가마다 상이하다. 언어적 혼돈 상황을 나열해 놓았을 뿐인데, 한 편의 시가 되었다. 바벨탑 사건 이후 긴 시간이 흘렀지만, 여전히 탐욕, 교만의 돌로 울타리 치는 인간본질 면을 다룬 작품이다. 음미하는 독자는 자아 내면이나 정체성에 대하여 사유할 것 같다.

그르륵 그르륵
제 맘에 들 때는 안도의 소리

제 맘에 틀리면
뭉글한 털 속에 가리어진 발톱을 드러내며
할퀴어 대는

정맥혈관에 독이 퍼져
항생제를 맞아야 치료가 된다

－「고양이」 전문

이 시는 간결하다. 섬세한 시선으로 관찰한 표현이다. 고양이 발톱에 상처를 입게 되면 "정맥혈관에 독이 퍼져 / 항생제를 맞아야 치료가 된다" 결론짓는다. 사물에 대한 관찰과 치료법만 표출된 것 같지만, 이 시는 말 이상의 말을 하고 있다. 1연과 2연의 진술 핵심은 맘에 들고, 아니 들 때 노출되는 발톱 상황이다. 외적 환경에 따라 날카로운 발톱을 감춘 위장된 삶, 고양이와 인간은 동일시된다. 정덕자 시인은 제목 붙이기에서 사물과 지역을 그대로 인용하는 직설적 방법을 취택한다. 「미국」, 「영국」, 「프랑스」, 「일본」, 「필리핀」 등이 눈에 띈다. 여행 중에 방문한 국가명을 제목 삼아, 시 짓기 하는 경우는 흔치 않다. 독자적 개성으로 이해된다. 화자의 언어는 언어유희보단 표현의 순수성을 중시한다. "정맥 혈관에 퍼져 / 항생제를 맞아야 치료가 된다" '사람도 그렇다' 한 줄 더 써준다면, 시적 지향이 인간에게로 향할 것인데, 의미 해독은 독자의 몫으로 남겨 둔다. ①독이 퍼진다 ②항생제를 맞아야 한다 등에서 상상력 확대를 기대할 뿐이다. 언어적 여운, 독자의 상상력을 침범하지 않는 선에서 멈추는 시적 기교가 구축된 상태이다.

2. 자아 언어에 옷을 입히는 채색작업

정덕자 시인은 시인의 말에서 "수채화를 그리듯이 시를 쓰고 있다." 독백한다. 시인은 언어를 채색하는 화가이다. 일반 독자는 채색된 빛깔과 의미를 음미하며 시인을 유추한다. 한 편의 시에는 시인의 삶, 총체적인 요소가 녹아 있기 때문이다. 그는 『한국문학』 시 부문 신인상을 수상하면서 한국문단에 데뷔한다. 시인 정덕자라는 한 존재를 한국문단에 각인시키는 과정은 녹록하지 않았을 것이다. 시인은 오직 시와 시론으로 말하기 때문이다. 부모로부터 유전된 천성이 섬세하여, 아픔의 흔적은 아픔의 빛깔로, 슬펐던 사건들은 슬픔의 빛깔로, 환희에 젖은 행복은 행복의 빛깔로 그대로 표현한 것이 그의 시공간이다.

젊은 날엔 명예와 권리와 부를 좇다가
건강이 망가지는 줄도 모르고
나이 40에 당뇨가 걸려
5년간은 합병증도 모르고
지금은 70을 바라보니
망막합병증
단백뇨

고지혈증

신경병증

백내장

4번째 뇌 신경마비

악성 피부건조증

통증이 없는 날이 행복한 날

재 너머 파랑새를 따라가다가

전쟁 가난 기근 질병이 없는 날이

행복한 날

-「행복한 날」 전문

이 시를 채색한 시인은 촘촘하다 못해 빈틈이 없다. 나이 40
에서 70까지 긴 세월을 채색하고, 자신이 앓았던 과거와 현재
의 질병을 진술한다. 여자의 삶, "재 너머 파랑새를 쫓다"가 체
험한 사유들이 이 시에 나열되었다. 시인은 언어를 다루기 전,
그림을 그렸던 것 같다. 어느 날, 붓을 놓고, 펜을 잡은 이유는
알 수 없지만, 시를 짓는 것은 그의 숙명이다. 시의 독자에게
말(言)을 걸고 싶은 시적 욕망으로 꼼꼼하게 채색한다. 화자의
시는 존재의 언어이다. 재 너머 파랑새를 쫓다가 육체가 병들
고, 시간이 흘러 죽음으로 가는 것은 인간의 공통된 운명이다.
모든 존재가 동일한 운명 속을 걷고 있다. 자신의 모습을 응
시하면서, 삶의 아픔을 노출하면서 채색된 이 시는 현실에 순
응하는 법을 깨우친다. 행복한 날 보단 고통 속에 숨 쉬는 시
간들이 많지만, '어찌 하겠는가' 하는 위로의 메시지로 독자의

등을 토닥거린다. 망막합병증에서부터 악성 피부건조증까지 나열하면서 자아 질병을 부각시킨 점은 시적 전략이다. 삶은 현실에 순응하는 실재이다. 고통 속에서 행복을 갈망하는 독자에게 자신을 시적 재료로 삼아 새 힘을 공급한다.

하루에도 수십 번씩 선택을 한다
자질구레한 일부터 중대한 결단까지

저 산 너머 파랑새가 있는 것처럼
가보지 않은 길에는

더 부유해질 수 있을까
더 행복해질 수 있을까
더 자유로워질 수 있을까

가보지 않은 길을 동경하기보다
나에게 주어진 길을
내가 선택한 이 길을 후회 없이
숙명처럼 걸어가야겠다

-「가보지 않은 길」 전문

4연 11행으로 짜인 이 시에서도 "파랑새"는 등장한다. 그 파랑새는 저 산 너머 있고 가보지 않은 길에 존재하는 새다. 시인에겐 그리움의 대상이며 꿈의 사물이다. 이 시의 채색은 자신에게 주어진 길에 대한 아름다움이다. 시인은 그 삶을 "숙명"으로 인식한다. 시인 정덕자에게 숙명이 존재한다면 시의 독자도 마찬가지이다. 자아 숙명의 길에서 이탈 원인은 3연에 표출되었다. 더 갖고 싶은 욕망, 부질없는 탐욕 탓이다. 시인은 이 시에서 자화상을 그린다. 언어적 자화상을 그려보니 숙명의 길을 이탈하지 않았음을 확인하게 된다. 허무하게 흘러버린 한 여자의 시간을 "산 너머 파랑새"란 추상적 사물에 이입하여 고단했던 삶을 노래한다. 그의 인생길은 숙명의 레일 위를 걷느라 발가락 통증이 심하지만, 고통보단 행복에 젖은 상태이다. 언어로 노출된 삶의 흔적들이 그렇게 느껴진다는 뜻이다. 숙명이란 단어가 화자의 시 의식을 유추하는 독자에게 깨우침을 선물한다. 숙명은 회피가 아니라 수용하는 것이기 때문이다. 시인의 언어 채색은 섬세하다. 메시지의 의미를 추적하는 여백 공간은 시적 여운으로 남겨 둔 특징을 보인다.

3. 자아체험과 언어표현의 순수성

정덕자 시인은 자아체험을 시적 재료를 사용한다. 자신이 본 것, 느낀 것, 중심으로 주제를 설정하고, 시적 개성을 담아낸다. 시의 특징은 상황진술과 관념적 고백이다. 시적 진술에서 허구는 가미(加味)되지 않는다. 언어표현에서도 진솔하고 순수하다. 그의 시를 읽으면 편함함이 감지된다. 언어적 평이 속에서 감동이 전이되는 건 시적 기교이다.

주님께서는 제자들의 발을 씻으셨도다

신부님조차 세족례를 하려면 버거울 때가 있다는데
달래 냉이 캐러 오라고 해서 간 여고 동창 향년이는
가마솥에 물을 끓여 오렌지 껍질을 담그고
더운 물을 더해가며 퉁퉁 부은 나의 발을 씻어
혈액 순환이 잘 되네
어찌 이런 발로 인천까지 왔느냐며

그 친구는 처녀 때는 나이팅게일 천사 간호사
고대병원에서 수간호사까지 했지만
유기농이 좋다며 지금은 농사를
봄이 되면 쑥이며 냉이 원추리 쪽파 부추
지금은 표고 농사도 백화고도 거뜬히 해내고

발을 씻고 걸어보라며 걸었더니
그렇게 내 다리가 새가 된 듯 날아갈 것 같다
나의 마음도 부활하신 주님 따라
하늘로 날아간다

-「세족례」 전문

가톨릭 신자인 화자의 기억 속에서 '세족례'는 감동으로 기억된 것 같다. 세족례의 원천은 팔레스타인 지역이다. 샌들을 신고 먼 길을 걸어 온 여행자를 위해 초대한 가정의 종이나 부인이 손님의 발을 씻어주었다. 이 시의 세족례는 오랜 친구와의 우정으로 단둘이 거행된다. 2연에서는 그 친구(향년)의 이름까지 소개할 정도로 우정이 깊어 보인다. 동시에 느낄 수 있는 것은 언어표현의 순수성이다. 꾸밈없는 언어로 표현한다. 이 시를 읽으면 독자는 그 생생한 현장에 초대받은 듯 착각에 젖는다. 아무리 친구지만, 친구의 퉁퉁 부은 발을 씻어주기는 쉽지 않다. 개인적인 우정이 한 편의 시가 된 것은 두 가지 이유인 것 같다. ①추억은 부스러지고 파열되지만, 소중히 간직하고픈 욕망 때문이다. ②존재(향년)를 독자에게 소개하여 이기적으로 변해가는 우정 문제에 일침을 놓으려는 시적 전략이다. 발을 맡긴 시인은 그 때의 환희를 결미에서 표현한다. "나의 마음도 부활하신 주님 따라 / 하늘로 날아간다" 친구의 우정과 헌신에 대한 시인의 감정은 간단명료하다. 나는 "하늘로 날아간다" 환희의 극치로 표현된 행복감에 젖은 상태이다.

평상에서 부채 부쳐주는
님의 무릎베개 하고 있노라면

설악산 푸른 바람이 안겨 오고
진도의 하얀 파도가 일렁인다

선풍기보다 느린 부채에는
님의 사랑이 뚝뚝 묻어난다

–「부채」 전문

시인의 제목 붙이기를 분석해보면, 자아 내면이나 성품을 유추할 수 있다. 평상에 누워있는 아내를 향해 부채질 하고 있는 존재는 남편이다. 이 시의 제목은 다양하게 붙일 수 있을 것이다. 부채 앞에 사랑을 삽입하면 '부채사랑'이 된다. 남편의 사랑을 부각시키려면 '그 남자'라고 붙여도 된다. 하지만 시인의 언어표현은 직설적이어서 순수하다. 시적 기교보단 시적 진실을 중시한다. 시의 독자는 '부채'보단 배려 깊은 남편의 사랑에 주목할 것이다. 2연에서는 부채의 느린 바람을 "설악산 푸른 바람 / 진도의 하얀 파도"에 빗대었다. 시적 언어는 행간에서 변주되거나 상상의 폭이 무한하게 확대된다. 반면에 그가 다룬 언어는 진솔하여 순수하다. 이런 양면성이 조화되면서 시적 특성이 형성된다. 아내를 향한 느린 부채질은 한 남자의 지극한 사랑이다. 긴 세월 부부간 사랑이 유지되는 비결은 그녀가 지켜온 순수성일 것이다. 시의 독자도 그런 정황을 상상하면서 부러워할 것 같다.

4. 자연과 사물의 교감

시인은 걷는다. 인생 칠십, 목전까지 한 남자를 바라보며 인생길을 걷고, 계절 순환하는 자연 속을 걷고, 전 세계를 여행한다. 화자는 사물과 교감 능력이 빼어나다. 자신이 목도한 것은 무엇이든지 그 이면을 탐색하며 깨우침을 획득한다. 이때 시적 탐색과 교감이 얼마나 개성적인가에 따라 시와 시론의 성공 여부가 결정된다.

불 붙는다
불 붙는다

눈부신 청춘도
뜨거운 사랑도
타오르는 열정도

지나가다 더 보고 싶어
또 돌아보게 되는

봄날 햇볕에 빠알갛게 그을린
선홍빛의 연산홍

–「연산홍」 전문

　시인은 길을 걷다가 '연산홍' 앞에서 발걸음을 멈춘다. 빨갛게 핀 꽃과 교감하며 대화를 나눈다. 3연에서는 "지나가다 더 보고 싶어 / 또 돌아보게 되는 꽃"이라고 진술한다. 꽃의 모습에서 그가 본 것은 무엇일까? 중년의 삶을 노래하는 자아의 모습일 것이다. 이 시는 꽃을 묘사하면서 자아 삶을 되돌아본다. 빨갛게 피었다가 시드는 현상도 인간의 운명과 동일하다. 한 송이 꽃을 피우기까지 과정도 유사하다. 선홍빛 속엔 존재의 무거움을 간직하고 있다. 2연에서 화자는 꽃을 주시하면서 자신의 청춘, 사랑, 삶의 열정 등을 연상한다. 꽃의 운명과 인간의 운명을 의식하여 응시로 대조한다. 연산홍과 화자는 바람에 흔들리고 비에 젖는 동일한 운명임을 직관한다. 꽃과의 애착형성으로 "또 돌아보게 된다." 표현한다.

고혹한 향기
아가 피부처럼
가시에 머금은 순결
따사로운 5월의 봄볕에 안긴
내 첫사랑

-「장미」 전문

전연 5행으로 이 시는 꽃의 종류는 바뀌었지만, 자아모습과 동일시된다. 3행에서 가시에 머금은 순결이란 표현은 기발한 언어취택이다. 장미의 뾰족한 가시가 순결을 지켜준다는 인식은 시인의 관점이기도 하다. 가시=순결 등식은 내면적 정신세계의 표출이다. 화자의 손길은 부드러운 꽃잎을 매만진다. 그가 매만지는 것은 장미 잎이 아니라 인생이며 삶이다. 한 남자를 만나 사랑했던 추억이 대뇌 속을 회전하며 스쳐간다. 침묵하는 꽃 앞에서 참 아름답다 독백하지만, 목덜미 스치는 허무감은 감당하기 어렵다. 부드러운 꽃잎 같았던 생은 세월의 바람에 거칠어지기 때문이다. 시의 결미는 "내 첫사랑"이다. 마무리한다. 장미의 빛깔에 따라 꽃말은 다르지만, 시인은 그 옛날 추억을 떠올리며 햇빛 속에 우뚝 서 있다.

더위를 무척 타는 내게
당신은 반가운 연미복 신사
처음에는 피아니시모
며칠 후엔 피아노
또 며칠 후엔 둘이서 이중주

포르테 포르테

여름은 아쉬운 작별을 하고
소야곡 실내악 앙상블
가을이 성큼 다가왔네

-「귀뚜라미」 전문

이 시는 사물을 인식한 직관이 돋보인다. 화자는 가을을 탄다. 가을엔 시적 감성이 더 깊어진다. 1연 2행에서는 귀뚜라미를 의인화하여 "연미복 신사"로 변용시킨다. 연미복은 남성들이 큰 파티나 결혼식 등에서 착용하는 뒷부분 제비꼬리처럼 늘어진 의복이다. 연미복을 떠올린 것은 귀뚜라미 더듬이(수염) 때문이다. 수염과 연미복, 정덕자 시인의 감각은 언어취택에서 섬세하다. 3행에서 처음엔 피아니시모, 나중엔 포르테로 점층 되면서 가을이 절정으로 향하고 있음을 노래한다. 이런 언어 배치를 구사할 수 있다는 점은 교감능력과 시적 감수성이 풍부하다는 방증이다. 이 시에서 귀뚜라미는 존재로 변신한다. 가을이면 어김없이 내방하는 멋진 대상이다. 시인은 사물과 교감하면서 행복에 젖는다. 교감대상은 귀뚜라미를 포함한 모든 존재이다. 계절의 순환, 바람결에 포착된 사물들, 자기 곁에 머무는 인간들과의 소통교감은 정덕자 시인의 시세계를 구축하는 다양한 질료들이다. 섬세한 시선으로 응시하고, 순수한 정서로 반응하면서 진솔하게 표현한다.

5. 마무리

번역된 시집을 읽는 것보다
내가 원문을 번역하며 읽는
느낌은 감흥이 벅차오른다

'Break my heart'를
읽을 때도 가슴이 정말
부서지는 것 같은 느낌이다

-「내가 영문학을 공부한 이유」부분

시적 감성은 개체에 따라 편차를 보인다. 사람마다 예민하거
나 혹은 둔감하거나 하는 격차가 형성될 수밖에 없다. 이 시에
서 화자는 "감흥이 벅차오른다", "가슴이 부서질 것 같은 느낌
이다" 표현한다. 1연의 감흥은 시 문장의 번역이고, 2연은 시
문장의 의미를 음미할 때, 가슴이 부서질 것 같다는 독백은 감
정, 정서, 극도로 예민 상태이다. 화자가 영문학을 전공했다는
독백은 학문적 열정과 탐구적 몸짓을 동시에 느끼게 한다. 그
러나 그의 꿈은 아직 미완성이다. 육체는 낡아가지만, 그 무엇
인가를 향한 갈망은 생의 마지막 순간까지 지속될 것이다. 평
자는 순수한 그의 꿈을 시와 시론에서 인지한다. 시인의 명찰
을 패용한 후, 연금술사로 몸부림친 흔적들이 작품 곳곳에서
감지되기 때문이다. 꿈이 있는 사람, 자의식 지향이 확고한 존
재는 항상 행복하다. 예민한 감성으로 시의 독자를 사랑하는
시 짓기는 신앙적 지향과도 부합한다. 「민들레」, 「사랑하는 이

에게」,「흥보고 배우는 것」,「막차」,「연산홍 2」,「벗나무」,「아파트」,「반딧불이」,「다림질을 하며」,「봄비」 등은 관심 있게 음미할 작품들이다. 인연 닿는 독자의 일독을 권한다.